自序

我写诗，算到如今也有四年。其实照理来说，最初的那些诗于我应该是意义颇丰的，标志着我的起点，但它们实在都是很幼稚的作品，我自己读完都味同嚼蜡，更何况给其他人看。现在付印的这些篇目，按的是由远及近的顺序，最早是写诗第二年的集子“寒宵集”里的 21 首——我删删改改以后选出来可以勉强一读的 21 首。我当然记得写《海畔》之时窗前的月色，也还记得在浴室里写出《皇后》时四周淡淡的雾气，甚至是写《月亮的三更》之际灵感突然迸发时学校走廊里明灭的灯。那时的诗总是行止间不经意地流出，没有多少深的意味，但是承载着我太多的生活。

我当然记得四年前开始写诗的时候，我的生活的样子。那时的我还没有今天的身材，对人事的态度也远没有今天那么复杂。那不算是很称心的生活，但好像从今天看也并不讨厌。唯一的缺憾是那时候的诗在现在看来显得愚蠢——其实可能将来的我也会不想看现在的诗。

可又怎样呢？这本原始的、青葱的诗集，记载的是一个人从13岁到16岁的全部命运。他生活在天气多变的城市里，他上学，他回家，他笑而且哭。青涩的岁月里，他的眼眸逐渐蒙上了雾。看见那层雾的人，就看见了为雾所模糊的他的心；看不见他的心的人，只看见雾前肮脏的霾或是灼人的夏日。而看穿了雾的人还没有出现，因为他怕。他怕散去迷雾以后，剩下的只有黑暗。那些迷雾很难说代表了什么，但大约是他所有经历的沉淀，有时听了雨点拍打蕉叶，过去的事就滴溜溜地出来打转，惹得他提笔写诗。

或许该说一点简单而明白的东西吧。诗里其实说了不少友谊和生死。这两件事我愿意将其并列，并不是友情和生死原本等价。只是后者我经历得不多，故而在诗里给了它们一样的重量。我经历的离生死最近的事情是在梦里。我梦见死神来寻我，而且给我十分钟的时间作别。我把几篇未竟之诗四散出去，希冀着某天它们能被写完，一面又突然想起所有的牵挂，一时间居然嚎啕了。那以后，我知道，面对死亡，我并不拥有我自诩的那些勇气。于是，我依然不愿写多少死亡。我想这是自知之明，对我有多了解生死的一种明了；又约莫是一种期待，对我眼前的、未来的。至于友情，我大概是幸运的。我没有失去过哪一段友情，没有和朋友起过多少争执。哪怕有，我也尽我所能弥补了。可惜的是，有些关系慢慢淡了，偶然间回忆起来才发现已经走远。

我的诗多是一蹴而就，没有经过多少格式的雕琢。我也不是多么专业的诗人，我的诗都是自己摸索出来的道路，只是我随母亲喜欢顾城的诗，也就不时翻看顾城的作品。他的诗在我眼里是极尽浪漫之能事，像淡淡的半道彩虹，留下一半的遐想，然而那遐想的余地又好像隐隐约约有着轮廓。

从“寒宵集”到“别斋吟”到“冷空气”到“风尘路”，那层雾越来越浓，遮住了一些本不该遮住的东西，我又开始害怕我的胸膛有一天会塞满雾的迷茫，而我的心间没有留住一丝色彩。

16岁的我回头一看，那年的一切都吹散了。

我知道，过往云烟是真的。

二〇二三年十一月，于上海

目录

别斋吟

冷空气

风尘路

黑梅花

寒——宵——集

月亮的三更

夜的黑

把才点亮的灯光

慢慢涂黄

悄然的走廊

满眼

都是白墙

它不发出

一丝声响

孤独的灵魂

孤独的风

我的影子

轻轻飘动

海畔

酒
还剩半口
和瓶子一起
被插在地里
芦苇田的后面
男人
正抽着烟

星星
淡淡地笑
看得花儿
心跳
贝壳的沙滩上
月亮
还在流浪

木耳

绿色

只有绿色

正包围着

窗口的汽车

无法呼吸

使你窒息的

是迷雾

还是朦胧中

那片

发黄的树叶

巷

巷子的尽头
月亮和北斗
匆匆路过

你站在路旁
抿着嘴
“因为太阳
也将要失落”

皇后

皇后的眼里

闪着光

一会短

一会长

像只蝴蝶

折断了翅膀

桃树底下

你埋一片雪花

商人

商人
夕阳下面
站在门边
喝口酒吗
他问
还是一杯
苦涩的茶
去忘记
和逃避

岛

安静的小岛
漂流在
蓝色的海洋里
唤起噩梦的
不是黑色
遮蔽了天空
而是另一头
另一座
城市

漏风的屋子里
双人沙发
呻吟
像在抽泣
无垠的孤独

火

鸟儿
立在窗口
看电线杆上
一片塑料
眼里的光
刚刚
熄灭

无名的屋檐
晚风里
呢喃

白色的翅膀

不眠的街道

我们

却假装

都在睡觉

做一场

无知的梦

你默默地听

我无声的控诉

那年的歌声

是否也曾

把青涩的羽毛

打碎

歌

落日下面
你吹的曲
断断续续
像一条醉鬼
信手
就把我摔碎

冗长的笛子
流干了眼泪

夜

孤独的灯光
和缄默的草原
没有月亮
也没有狼
只剩一丝希望
像迸出的火花
在雨里
死亡

黑色的门前
你望着飞雪
一片苍茫

梦幻

我看到了

你眼中的草原

飘着几团

朦胧的泡影

那里

梦开始着

梦破碎着

长不大的孩子

写一首情诗

太阳

闭上眼睛
让我的心
逃离光明
最后的挣扎里
瘦弱的茶几
战栗

雨过天晴
紫色的身影
一丝安静

局

结束以前
一切
就已破碎

水滴消散
撕裂的天空
还想抓住
那道彩虹

黑色的幕布前
你看着
纠缠的枝柯
说不出口

挪威

月牙的钩

挂着片

灰色的森林

我伸手

却只抓住

一张背影

你画的裙子

静静躺在

我的摇椅上

画

不画脚
你说
要留个念想

星星眨着眼：
“我看见
一地灰烬”

弓箭的葬礼

衣服
被肩膀压得
喘不过气
你把帽子扯下
大口呼吸

魂的海洋里
破碎的花盆
依然荒芜

逃

你的演出
舞台
是整个世界
你放弃一切
才离开了囚笼

偌大的马戏团
只剩小丑
在跳着踢踏

没有人笑
因为火焰
灼烧着悸动的心

灵的木门
牌匾上写着

“无法离开”

刀

你眼里
有一道芒
迷离
游荡
像那颗月亮
看得我
心慌

玻璃的屋子
闪着光
对蓝色的天空
发出
沉默的拷问

姓名

十三道门
像一座监牢
苍白
冰冷
没有钥匙
没有人
只有树根
慢慢腐烂

心里的孤城
你终究没能
把它战胜

鱼

白色的墙
黑色的窗
阴
阳
在我眼里
只有迷惘

别斋吟

问

苏格拉底
他知道一切
临死以前
他看见
敦煌飞天

竹子开花
另一边
是阴阳
生命短暂

永恒
亘古的诅咒
痛苦
不会因此结束

爱或者恨

你入定

沉没在彼岸

旧

我做着醒来的梦
梦听着睡去的你

野花
草原
我看见蜜蜂
你看见角马
我的狂妄
你的分别

滴血的伤口
隐士的徽章
牵挂的手
去或留

雨

黄梅月的天
暗得发乌
窗台边
你数
地上的蚂蚁

世间百态
浮或沉
喧嚣的城市
雨刚刚停

海

沙子
洗了又洗
遮阳的伞
换了又换
海浪的折磨
却一刻不停

礁石
谁不知
你心上的棱角
早被侵蚀
只余颗
挣扎的躯壳

痛苦与欢乐
狂野的歌

蜕了皮的螃蟹

留我在原地

文字游戏

沙发
很大很大
我一个人
盘踞一张
双人椅
另一种说法
孤独

平淡
或是桀骜
音符破碎
歪斜的影子

灶台
燃起烟来
便被雨冲垮

火山下

溪水颤抖地

吞下岩浆

水与火

千面的我

给父亲

——父亲节快乐

多久以后

当月亮

不再守候

你岁月的眼里

早分不清

左还是右

听啊

雏鸟低吟

野草的心头

父爱作祟

羁绊

我在城楼上
城楼在废墟上
废墟里
有种子埋葬
过去的花
早被遗忘
却在不为人知的角落
默默开放

沉思者
谁又知晓
他在想什么
那荆棘
潜滋暗长
有一日
要刺伤主人

抛弃枷锁

还有伤痕

抹去伤痕

还有疤

是一段文身

是魔鬼

有些路

独自走过

晚

远山

剩下些寂寥

夕阳的影子

染进石桥

上弦的月亮

缺一个角

正如这秋日

缺一个你

钟

明天

明天的地平线

还会

还会有太阳升起吗

很美很美的落日

将要看完

而你我的邂逅

不过一点

小小的缘

分别的日子

需有几次

怎样的疼痛

才能避开哭泣

迷途的朝圣者

总要发觉

生命是这样

没有尽头

天堂鸟

夕阳和酒馆
你道别
尘封的教堂
十字尖顶上
飘过了云
或许有一天
在很美很美的草地
我们的心里
仍有灰尘
但那个老爷爷
会把它们
藏得好好的

祈使

雾气
化成瓢泼
还是我
变得浑浊
半月的光阴
攒下一张船票
去渡过
茫茫的生活

你话到嘴边
咽了回去
比分别残忍的
是沉默的离开

迷途或归路
故事

将要结束

同一片叶子

丰

还在怀疑什么

是世界的精彩

缥缈

还是夜深人静时

荒芜

丰

你是谁

手中的色彩

是否也是

一丝幻影

丰

你爱过

那无法靠近的

是命运的诅咒

还是你

对痛苦的渴望

丰

你挣扎

却落入

又一座迷宫

麻

夕阳的下面
罪恶的上面
最深最深的忏悔里
满眼质疑

愤怒
不甘
从那铁的嘴
吐出又收回
世界是坍塌的
你要将它撑起
你却也崩溃着
但又有谁
会将你搀扶

坚信的一切

是幻影

还是真实

总有一天

黑暗会追上

电话那头

血与泪

灰色的侧耳

别关窗

只有错过太多

才会珍惜这一丝

小小的阳光

对一切的期待

写下

再划去

你不懂

当雨点打在芭蕉上

我感受不到

一丝温暖

变

一枚橄榄
很早就明白
天空的颜色
不是昨日的蓝
一如他的往事
不会重来

时光
是一潭冰糖
慢慢洗去
它酸涩的棱角
用孤独的割裂
榨干
再绽开

那没能杀死你的

让你在绝望中

溢满伤痛

信封的故事

北风
没有吹来冰霜
却无端要勾起
春日的回忆
泛黄的生日卡片
一场隐秘的爱恋
时间
很久以前

是什么
会给一颗洁白的心
蒙上一层
厚厚的灰尘
冬天的雪
只好隐藏它的柔软
等一个春天

解冻

给奶奶和外婆

你像一架旧钢琴
只在白发间
挤进几缕青丝
我在你眼前奏鸣

每一个黄昏
我归来
带着一日的伤痕
然后清晨
我离开
用你的温暖护身
我们
一天一天
就这样数着年轮
一圈一圈

你像一场冬天的雪
飘洒在海边
冰封住
一切波涛的不平

我愿意在那时
走在雪中
看萧瑟里
还留存
一点生机

该怎样去诉说呢
你和我的一切
或许是同岁吧
只是相隔
六十个秋日的沧桑

失去

走马观花
多少斑驳的碎影
消失不见

花前月下
几朵晚熟的傲梅
左右为难

阳光的红嘴唇
烙刻在心跳上
越来越快

青涩的诗集里
来自你的春风
戛然而止

四季

霞光又变作幻影
在火烈鸟的波涛里穿行
花海里有玫瑰的声音
秋天
摇曳进蝉鸣

看晚梅被你融化
等一个天晴
春日的羁绊一样无垠

时间

遇见你以前
写诗是坐在阳台
有一张椅子
便看风和树叶打架
看日落勾起星光
看烟火人家的灯
照两个影子
而我孤身

遇见你以后
写诗是伏在桌上
笔拿起再放下
像给你的短信不敢发送
每一个字都擦去三遍
一直到睡着
和你对视的镜头

梦里都有

海棠

海棠花开
一树一树的
春天还在
我浓眼仁里
淡出留白的粉黛
穿过阴霾
是烟火的人间
让你醒来

无期

你靠墙
黯淡在眼底
出神的飞扬的我
屏幕像玻璃

上楼的嘈杂在萦绕
不住的喧嚣
初下的雨
初夏的慰藉是你

北极

晚霞散进灯火
紫气里一抹金色
诗的殿堂
久已不去

眨眼
扫不尽红尘
拿不起放不下
就在仲夏夜
入梦
也许回到北边
回到它的臂膀

旅途

爱情和故事是不相通的
一个先书写结局
一个先书写未来
爱情和故事是一样的
长长短短
会回到原点

槐树的花还在春风里荡漾
我就取下
取下你那枚怀表
坚贞的梅早已被鸢尾扫碎
我却留存
留存傲寒的念想

爱情和故事是不相通的
一个先书写结局

一个先书写未来

爱情和故事是一样的

长长短短

会回到原点

距离

遥远的地平线
近处的鸟
夕阳照着只
懒散的猫

我喜欢的蓝
蒙着沉郁的灰
悬在天上
作一丝丝月光
飘洒
吹走又一朵云
星星远离大海
你远离我
真的
不必惊讶

临近的地平线

远处的鸟

黑猫看一堵

受伤的墙

弥勒

海螺里的风声
交响时针
轻轻滴答去
我的十四

没翅膀的鸟儿
穿梭在城市里
总在幻想
接上折断的肩

夏日的新竹
你的嘲弄
我不信

蓝蛋糕

天空是忧郁的水泥匠
把地平线刷上很薄很薄的灰色
却也不下雨
和别处星星点点的白
赌气地对峙

六点半
阳光黯淡

黑

蔚蓝亲吻万物的额头

少一分白昼

陷进孤寂的漩涡

白帆会陨落

灿烂的无知的土地

黑一路淌过

易碎的丰满的羽毛

比幕布脆弱

望

白云在天边

凝成岛屿

被路灯遥指

地平线上的斑驳还剩

最后一点

陪我

看闪电落下

听夏天的傍晚

热得

慵懒

猫

小雨下了

下一个瞬间罢了

我和时间争抢秒针

时间只是沉默不语

我荒废晴天

在雨里追寻脚印

留下蓝色的足迹

不敢回望

抹布没有遗憾

因为她有一颗棒棒糖

好大好大

车灯

阳光给石墙打蜡

回忆决堤

连离别也是

原处轮回

小窗只看见一湾绿色

树枝向前

却向后飘去

霓虹

远方的灯火
我看不清
一片片重影
叠得通明
时光也正老去
但总有人
没来由得
愚不可遏

天上有星星
地上也有
一个斑驳
一个斑斓
我在近旁
不动声色

事关爱情

事关友情

于是也就

关乎了一切

而在回忆里

摇曳

我在深夜里

在道旁树下

看风

看你

看远方

独自彷徨

交

孤独是无声的吻痕
垂在耳畔
早三更

青色的尽头
叹息与笑声
首尾相连

远方
沉默的呼唤
抵不过一点霓虹

夜晚的时候
也会模糊成
一样的渴求

吹

湖底的烟圈

在云端消散

用一丝娇怜吹走

去弥漫

没有人

有星星落了单

抑或是

在我可及处

俯瞰

午安宿醉

唱针戳下
最后的音符
回到起点
海子和平克
加奶的咖啡
相隔几年
协奏
一个清晨
午安宿醉

诗里没有吟唱
而歌声也不会亘久
最后留下
漫不经心的
几滴尘埃

初

遥远的日子里
只有摘下眼镜
才终于能看清
你的身影

侧脸
回转身来的照片
怔怔
一时而已
蓝色的灯光
我却不带
蓝色的光晕

黑口罩
我向内坍缩
不招摇

廿

两声鸟
一片落叶
从日出
晒到日落
芍药和残怅都消解
消解在晚凉的耐心里

鞋
拖行
一整天

驾

红帽子

横插进拍击

轻浮着

萦绕着

轮转着

吹气都飘渺

打结

杯口的花瓣

淡淡地熏

远去了装饰

木

镜框
同诗意疏离
白板笔
镂刻迷惘
却挑染不出
光芒
妄想
逆向行走

屏光闪烁
我在人潮
碰壁

亡处

摩天轮后

信号

在头顶弥散

天黑以前

都

不在世间

云层在一瞬

撇出芍药

河浜

窗沿
勾出水杉
被顷刻落下的夕阳
挖出轮廓
回荡
白色的鸟

尽头的小窗
满上
微笑而
隐隐作痛
垂脊
久违的联排
黑色的鸟

鼓

浪漫

掐灭夕阳

地铁和我挤着

隧道是黑的

却没沉默

一个人的热烈

总该聒噪

终归

没完没了

散人

秋天来了
也没来
抓住夏天
最后的笑容
依偎

我的堤坝里头
海浪拍打
抵挡不住
潮水的试探
那就打开窗户
选择相信
又一次

紫色的香气
围巾的暖

比不过你的

两行发梢

纳峦

我站在山顶上

站在用秋天堆砌的石板路上

不是俯瞰

不必直视

梦里有歌

唱了又唱

流年在里头

回荡

我们

变了一样

隔着距离

眺望

模糊

一片片

横在中间

路牌

嘿
傍晚的月亮
远成一个光点
吊一座
城市的不眠
路灯刻着你的名字

你看我灰色的帽檐
长长地撑起
整个的
新的冬天

星期日

张开双臂

像鸟儿一样

就能

在思念里飘荡

你看云层胡作非为

看回想在耳边萦绕

看我的模样

蹒跚

义无反顾地

犯傻

后置

云层
围出月牙
在它后面
越过那一轮
边际

黑暗裹住希望
用光明诱骗
明天有
新的推诿

踏

最后的最后
风不急
海浪沉默着
点回烟火
独木桥

背影
借走的勇气
用流年归还
语焉不详

我们都一样
在心跳面前
手足无措

落雁

就一瞬
目光交会再躲藏
移开了视线

画布泼了水
背靠山脉
看黄昏和路灯
一万种解法

沉鱼

酒桶的盖子是一场梦
酿一只粉色的话筒
橘子的镶边
纱窗在划
蒙蒙的雕像
刮出冷淡的雾
装出一丝
满不在乎

透明的镜框浅笑着
印出墨迹
印出
刹那的窒息

碎

深灰色的枝桠

撑出走廊

相见在里面

迂回

梦回到了

梦开始的地方

变暖

也变淡

我的等待

押上天际的韵脚

缓缓向下

你的树冠在笑

项链

高架桥
弯出一滴落寞
伸出食指
碰见
粉色的泡泡
含在嘴边

绷带缠上台阶
陪你昏沉
看往事闪回
在风里
抱紧稻草

百香

琴声
回旋得到了头
拿同一个剧本
看我
岁末的眼神
回不去一点
波纹

蓝色的睡袍
踩进红丝带
惊起了
一地麻雀

冷空气

抹茶

两块灰色
斑驳在门上
怎么也不愿消散

大理石的文身
变成了围栏
围住灯光
被嘈杂打断

昨天的笑话
去年的笑话
笑着看我
曾经的眼泪

冷空气

一片白
落进篮筐
在每一次呼喊里
轻轻地笑
有一天
我没犹豫

羽绒服
另一种蓝色
我退一步
留在暗处

火星

表带
挂在钢琴上
打断我的电话
看那段白水
写了整天
抽干以后
闻不出
一丝安慰

我们
走向前门
跌跌撞撞
带着所有的
理想

新

于是

忘了说晚安

背靠木门的时候

封存了

四本日历

我在这里

也在那里

碎成莫名的岸

等你来蚀

奔风

树枝
分叉出绒毛
穿着白裤子
似笑非笑

“可是”
我说
“我会见到她的
在每一个梦里”

辉光

火柴

点了两束流星

在手心攥紧

划着快门呼唤

向后三步

天边微明的

是一朵烟火

换

中庭的大树
以为是冬天
孑然地
睡过除夕

也确实是冬天
你看那白雾
藏进我
红色的外衣

花华

金色的螺旋
转上天际
托着叹息和
断断续续的歌

“啊
夜空不是纸
是一片水池”
我突然窒息在
大海边缘

夕灯

百叶窗

装饰在玻璃两旁

微微发抖

昨日闪烁的地方

不起

一丝灯光

十点的阳台

孤独笼罩

棉

呼吸
给镜片上雾
某一瞬间
雪停在半空
冻着耳垂
等最后一辆轿车
驶过
时间也打了蜡

墨绿色的电瓶
在外套里闪烁

纪念碑

我在树根上
刻你
忘记一切也能
认出的微笑
你的嘴角

隐形的桥
从这头
搭到那头
用海绵砌出
两排石柱

电闸

灰墙
一头扎进雾里
惺忪地架着桥
城市刚醒

树杈的头顶
站台的缝
透出一棵松柏
迷茫
三百米

还有路牌
上面写着
“左开门”

灰袍

房外的云彩
把假发一戴
关上玻璃
连马路牙子
也溅上
白色的漆

暮光藏住尾巴
给秃子
安了院帽
齐毗邻的肩
垂苏

泥塑

绿萝看轻黑呢
他的阴沉和倔强
其实冷光灯
也算一种悲伤
只是裹着大衣
不想说

下午的时候
太阳问过罗盘了
它说星星在唱歌
所以我
一路向北
去找你

航海士

酒红色的杯子
保温层上
有几片贴纸
高架的路灯一样
旧得褪了色

困在城里的酒坛
换笔芯
挂着弯弯的蓝
用一摩尔的泪水
洗那槭树下的
一面旗

北人

太阳遮了脸
无事得给砖头
戴一根项链
徐徐地晃
挨到你眉间的一蹙
满心地笑

蜗牛
看着墙根的草色
咂咂嘴
重复着一声
不带悲伤的沉默

斛

假花
挂不住时针
从窗帘里
瞥见天台
蜉蝣般的文采
上下翻腾
弄坏了拉链

青涩的狂野的梦
照在镜片上
有几粒灰尘

鞠

松皮石的胡须

挂在树洞的角落

嘭的一声

戳破针叶的泡泡

风里

吹来几张诗稿

粗糙的纸上

字迹潦草

糠杯

她的相框
挂成蓝白的画
顿挫地讲着
椅子的三条腿
叛逆死在
每一个单位

我驾着我
宿醉的躯壳
沿着向日葵
拖行
同你渐远

花蝴蝶

暖气轰鸣
夹我的错愕
在隐身以前
急刹车
你从远方来
为了一声叹息
当你变冷
夏天都下雪

没听说吗
雪人的手镯
抑扬顿挫

赐香

后视镜
抓住塞北的雨
怀念春天
怀念起
三月的樱花
来不及看

一万种声音
收束到宁静
用一通电话
慢慢地踅

八尺

白色的花苞
横飞在沙沙声里
卷出了
团团的毛
停在花园外墙
我蹙着眉
对着照片和它

灯杆伸着手
给晚霞点火
指向地平线
辨别光影和云

白金

她的琴乘烈火
往月台
经过
把阳光的发丝
缠在山里
回一瓣
粉色的海螺

樱花上
光阴的网都
影影绰绰
吹散我
一分毫的迟疑

楼兰

玻璃的黑白
做成马赛克
锤进街边以后
又挂起
旅馆的招牌
透过面纱的痛

她下颌的弧度上
有一张蓝绿
像阴天的晌午
太阳皴成
两根马尾

今天

阳光在眼角
从指间溢出
草草铺成
蛛网的形状
眨眼又消失
只在榻上粘着
微微一丝

树枝的阴影
画格子
触摸到屏幕
词点了
说谎

诗经

快马加鞭地

寄一张油墨

柏油却噘着嘴

慢吞吞地

摇

你在半路上车

和我

往一处风景

怎知我跨过的

海的波涛

或是

白山几座

愚

标点
从没出现
不知道开始的人
同样不知道
怎么去结束

诗人的漂泊无依
搞砸生活
然后
搞砸一切

失明

花药
从中间分开
即刻旋成
龙卷风的白
像水花
裹着塑料
扯嗓子

砧板
被刀片穿过
洒出了
暮色的血

语我

细细的木楼梯
缩出两侧来
靠着金丝线
垂在脸上
远离河流的地方
湖岸编着彩带
欢呼着
拥挤着
杉树偏过头去
不忍看碑上的对联

故

树梢夹住了月牙
穿过很多的车灯
终于也黯淡下去
城楼上的炊烟
和烽烟
在驶离时吹散
又聚拢
凝成一个
我不能靠近的原点

我的遗憾
被渔夫钓起
放进沙瓶
装饰得像一头银饰

当归

城楼弓着背
翘起头来
看拍照的人
被别人拍下
背靠大山
和更蓝的湖水

我也奔忙着
往另一处去
服下当归
别过头的一瞬
屋檐的每一个角
都刺了出来
越过密密的桥洞
指向
一炉一炉的红灯笼

枳

玲珑的试管里

三色的天空

轻轻地

刷上墨水

用白绒裹发丝

在风中舞着

舞着

把洞庭湖水

倒进你眼眸

桥洞

在远处

我只看见桥洞

看见一轮一轮

很旧的石头

在台上戏谑

唱翠翠和老人

还有其他什么

可能在近处

我便会厌倦

一路的霓虹灯

让瓦片婆娑

幽篁

假花

挂不住时针

放浪形骸地笑

眼里却是

另一番光景

乌鱼从窗帘里

瞥见天台

曰：善

句逗

趁无人

坐一辆列车

在电掣时

举起手来

听一切呼喊

打破落寞和不忿

那一瞬

我刚醒来

“你看那银镜

流光溢彩”

我用余光看去

刹那间

灯亮了

炉灶

鼠尾草
指着风
远去的方向
把山拍成
它自己的影子
云雾笼罩

穿行在甬道里
鼓点
忽然落下
打在石墙上
穿出沙沙声
抑或是
针叶林
在远处回答
沉沉的低音说

我是

蓝色的

错

在日落以后
靠着山脉向东
破旧的声音
小声吟唱一段
又一段的催眠

于是当珠玉相碰
把白云
从眼前拂开
我熏得跌跌撞撞
倏尔听闻
最美的
金黄色的
已流走
流向燃烧着的
茫茫四海

哲人问我

什么算

羁绊

月

月亮是诚实的
所以撒谎的
只有诗人
诌一个浅黄色的发箍
满在头上
弯成了月牙

凉风来得不晚
够把她的嘴角
轻轻地
轻轻地
勾起一丝
又不特别在意
便是在笑我
陈年的膝痛
半假半真

凛冽的寒冬

白天以后

是漫长的黑

风
尘
路

门

蓝蓝的独白
像
洛城的天
晃晃地刺眼
我就
无所遁形
到今天还记着
那天的雨

挂出棉被来罢
我同过去
拜别

路

城东的河
胡乱曲折着
延伸到
地平线以外
深一脚
浅一脚
讲些个
我已听厌的事
又平白添上许多

路很远
我一如昨日
未尝开眼
路很近
路在
嘲笑我

酷寒

秋天的晌午

风还滚烫

总在美梦时候

把气球吹破

然而寻了托辞

那么日落后

等你不再作声

树

便要冷下

我早就自由

我只是

愈加空荡

金丝雀

月亮
相信什么
是我的失眠
还是我的梦
淌在失眠以后
一段段碎开

我缺的
想必是月亮拿了
不然
我何来的悲

楣

每一个冬天
我都对着窗
吹出雾来
恰是这时节
所还剩的浪漫
那点朦胧
旋即又散开
往北方奔去
每一天每一回
都是这样

日子也那么过去
所以黄叶
告诉我
十六那年
会不同吗

中秋

月该满了

像期待一样

冷冷的

又易碎得很

你像路上的人

而不漠然

任情绪卷过

也不去争

委屈的

从不是山岗

是山岗上的

那枚影子

弦

谁知道呢
落日也许
会讲话
那么哑巴的
只能是我

我的
一成不变
化成安静

沼泽干了
你明白吗
淹没我的
也变了
安静

风好大

我看不见

能

白日红

追着月光

不停歇

每一个人

都在赛跑里

汗流浃背

我已不知

上一次

为何溃败

而久违的混沌

已叩着

我的心门

你说抱歉

却唯独不愿

与自己
和解

金水塘

我的字迹
石沉大海
所以一个人
对酌对弈
青亭里
连影子也
嫌我孤寒

我知道
眼下的路
通往泥泞
可是这天
已经没人来
挽留
于是背起行囊
说晚安

您

渔猎的人家
路远
病或死
亦不往来
门栏的夹袄
是灯笼做的
而你吹来的
温和的风
在谁的心事里
打转

雷鸣时节
倒下的木头
用最后的力气
苟延残喘

蒙太奇

路灯把光
打进来
从车窗的
右上角

吊桥指着天
等风景
变暗
吞下一切的
难过

梦
湿湿的
淋在脸上
呵责我
不端

把楼拆散

留了空

很凉快的

样子

拾

铁盒子

慢慢开了灯

又熄掉歌

你的眼里

有一圈

彗星的坟

地铁站口

好远的

人群

博闻

我同你讲话
隔着真空
一段唇语
恁的是
不通

海边的牡蛎
互相挂怀着
那些浮华词藻
多少年
也都这样

又能怎样
无非是
活下去

杂铺

草长莺飞

转眼枯败

我在柜边

零零碎碎

卖点往事

“我的小店

不解忧

只唱歌”

氢

浅黄的枝叶
多了
多过去年的秋
我在木楼边
哭的时候

假花
紫的
我的全部心情
锁进了
橙色箱子

第一

北园的景
总比眼下的好
云层遮月亮
严丝合缝

我却不慕
只是看栈道
新换了灯
昏黄的光
都变白
清清楚楚地说
想见你

古

窗
微卷的
把楼沿
做成波浪
最矮的银杏
也结出果来
而它
并没有锈

那年的我
十二三岁
把悲伤
当成礼物
后来发现
礼物
都会过期

穷年

等雨下大
我便撑了伞
慢慢地踱
而雨
和我一样
漫无目的
看车开着灯
探出水塘以后
驶过
我的身影
也就在水里
飘忽
又一圈一圈
婆娑起来

那时的永远

不很明白

也不模糊

而今

只剩下荒唐

归零

小河上的秋叶
都是绿色
看荷旁的花
仿佛
那也是真的
唯有小船
摇着橹
慢慢淌来
睨着我
暮色而木色的面
讵木讷
给窗边的她
唱歌

白天
在酒馆喝茶

竟醉在了

陌上的花开

双盲

壹

大海的波涛

携着低垂的月亮

看礁石上的两片贝壳

满心期许着

鱼肚白后的太阳

“今天是

每一天的一半”

贰

夕阳

比灯还落魄

这般境遇里

我无梦

灯光与人影交错
我的路
亦飘泼

故乡

你问我
另一边的海
怎样
我一身尘土
而那波涛
蓝得
不胜收
却不能起
一分毫的烟火
只是
声色犬马

那一边的海
听不懂桃花流水
鳜鱼肥

问

夏天的影子
烙进大地
秋天的歌
挟着凉风
轻轻地来
但小半个夏天还在
还灼烧着
残存的柳叶
烧出一片片
无神的焦黄来

我便垂怜那片叶子
一面又记起
夏天里
没完成的
一切的誓言

陆仟

酒的

万般的不平

临末也

都要妥协

今天或明天

而已

彩色的

透明的

悄悄的

失控

我们都

挣扎着

走向虚无

朴刀

雪天的楼门
毛刺刺的
不去分辨
也只算一粟
遍地里
惹了人厌
听海螺唱歌
唱不出
慈悲

漠河边
醉倒的朝圣的人
失散了全部的光
把夕阳也
沾上尘世的土

万许

水池是
黯黯沉默着
瞧不起波光一般
只许那小盆
冒出叶来
欠一欠身
又追着日前
谢空的荷花
褪却

对岸的廊宇
从门缝里
透着些黄色
也是一样的
秋末的枯败

轻鸣

矮矮的楼
流星雨
向上纷飞
弓背的
白皙的
迎面走来
拼成了地图
隐隐约约
指不出路

梧桐缠着线
把临风摇曳的一圈光影
吊在空中
从远处
以为是烛台

元宵的尾巴上

红灯笼

排着队的

又在等谁

西塘

河水是绿的
船工摇着桨
慢吞吞的
像傍晚的航班
天边的
后退着的
灰蓝色
金黄色
缩进黑夜里去

西塘的岸
不高
三步的样子
也就
落了水

拾得

抽芽的银杏
总想做
最高最高的一棵
从来不明白
它用的药
是漫长的梦的
盖子
而茶树的绿
是一种
简单的悲哀
却长得太快
清明以后
就
太浓烈

海棠花边

等柳条扬起

叶尖指着

风离开的方向

黑——梅——花

承德悦明

蝉声入寒夏，
倾壶断墙冷。
舟里看红瓦，
薄情入繁华。

送楚然

枯山凤早飞，
子归驿马垂。
窗同四海别，
江远诗郎醉。

雁荡山

鲜衣望眼多少载，
路转八千。
残宇青石，
当年才情士方来。
狼烟战鼓雁荡关，
峰里唱白。
水劈云开，
卧看龙潭断沧海。

枫林晚别

颠才沛气温新帐，
旧面难伤翌岁忙。
秋枫已过寒山处，
举雾空留北渡郎。

白露池

天涯路远霏霏隐，
皎皎余霜百落零。
秋风晚送迁人旧，
夜雨无心醉有情。

千湖碎

千岛池碎新亭赋，
素罗巧衣袅袅书。
青帔凭案相识旧，
夜来酒家满玉湖。

黔歌

烟云擘上诀泥侧，

碧玉青山各自得。

我歌白水流黔里，

不为糊涂价几何。

梦游岳麓山

周公引我归云寨，
岳麓千书草坐台。
萧萧白发孤亭洞，
纵水驮山懒入怀。

图书在版编目（CIP）数据

我不能逃避的夜 / 黄涵秋著. -- 上海 : 上海文艺出版社, 2024. -- ISBN 978-7-5321-9064-5

Ⅰ. I227

中国国家版本馆CIP数据核字第2024MW0020号

发 行 人: 毕　胜

责任编辑: 李　霞

装帧设计: 钱　祯

书　　名: 我不能逃避的夜

作　　者: 黄涵秋

出　　版: 上海世纪出版集团　上海文艺出版社

地　　址: 上海市闵行区号景路159弄A座2楼 201101

发　　行: 上海文艺出版社发行中心

上海市闵行区号景路159弄A座2楼206室 201101 www.ewen.co

印　　刷: 上海盛通时代印刷有限公司

开　　本: 889×1092 1/32

印　　张: 6.375

插　　页: 5

字　　数: 85,000

印　　次: 2024年9月第1版 2024年9月第1次印刷

I S B N: 978-7-5321-9064-5/I.7132

定　　价: 69.00元

告 读 者: 如发现本书有质量问题请与印刷厂质量科联系　T: 021-37910000